陈苍正 著

秦岭情

陕西新华出版传媒集团
陕西人民出版社

陈苍正，1959年出生，陕西长安人。陕西省诗词学会会员，陕西省柳青文学研究会会员，长安作家协会理事。早年走出校门，当过农民，后来从事实业经济30余年。业余喜好读书写作，尤喜诗歌创作。诗风质朴，意象丰沛。热忱讴歌现实生活，放情山水自然，字里行间饱含家国情怀。出版诗集《陈苍正诗文选》《仓台新韵》两部。

自序

心怀忐忑，去年我出版了《陈苍正诗文选》和《仓台新韵》两本诗集，那是我的处女作，也是自己诗词作品的大胆尝试。感谢各界朋友对我诗文给予了热情的赞赏和真知灼见的评价，包括非常中肯的批评指导。这些都让我诚惶诚恐，并且发自内心深深地感动。

文学是我青年时代的一种心念，埋藏在内心深处的一个不对人言的梦想。数十年前，当我因为生活所迫，一头扎进社会的经济大潮中，尤其是从事实业经济以来，我心里一直有一种难以割舍的情结。虽然在经营和劳作之余，没敢放弃读书和思考，没有放弃用审美的视角来观察生活和人生，可是毕竟劳心劳力，忙于世俗经计，与我年轻时的梦想产生了很大的疏离感。三年前，当我从城市建筑业退下来后，数十年来社会的纷繁变化，现实人生的风雨彩虹，像过电影一样在我的清醒时或梦境中不断映像出来。在心灵深处的，对文学，尤其是对诗歌的写作激情，一下子就迸发了出来，灵感的造访，诗意的闪现，天光水色自然物态的变化，在我多少有些迟钝的大脑中，竟然不断地生发和自由地呈现。这使我感动万分，一下笔就欲罢不能。

两部诗集的出版，让我觉得这种尝试无比愉悦，不但有了更好的与其他作家、笔者、爱好者交流的平台，更将自己的点滴记录下来，以至将来还要笔耕不辍，继续谱写心中的诗情画意。

《秦岭情》这本诗集延续了本人的风格，依然还是真诚、真切地反映我闻、我见、我思，把我近年来生命所悟及内心的五味杂陈，以诗文的形式写出来，期待与广大诗词爱好者分享。

如今，大多数人实现了衣食温饱，然后拼命追逐现代化科技化的人类文明带来的各种享受，包括口腹之欲、宽车大房、仕途攀登、更便捷的生活方式、收不完的快递包裹、铺天盖地的信息流，不过这种文明的进步，同时伴随着人们生存难度的提升。换个角度说，随着人类文明的进程，所有生活在这种文明中的人，生存所需做出的努力其实是越来越多的，内心也是越来越焦虑的。比起古人的生活方式，我们要更刻苦地学习，要更满负荷地工作，这些压得人喘不过气来。

老子讲，弱者道之用。大自然中就是如此，人类觉得自己是天地的主宰，自己是高级动物，是强者，但实际上远没有细菌更适应这个地球，这个已经存在了上亿年的古老生物，看似最为柔弱，最为简单，但它却更适应这个星球，它们的生存需求也更简单，而进化到最高文明的人类，却在不断挤压自己的生存状态。原本日出而作，日落而息的简单生活方式一去不返，变成了竞争惨烈的生存比赛，大家被无形的鞭策，不断地向着强加的大众价值观奔跑，而这条自以为是未来之光的发展之路，根本不知道奔跑的终点是什么，是人类的二次进化，还是人类的终结。

这一切我们只能思考，但细思极恐，干脆留给时间去解决吧，抛开这些形而上的思考，我想传递给朋友们的就是如何走进自己真实的内心世界，如何拨开文明迷雾看到心存欢喜的真我。诗歌是种文字的艺术，但它同样也是祖先留给我们的抒发共鸣的工具，它就像音韵，就像电波，比起如今扑面袭来的短视频狂潮，更容易洞达你的内心。它本就是人类的福音，当你耐心地去读它的时候，就会体会到内心的舒适和平静，屏蔽周遭社会带给你的压力，只有在这样的心境下，也才能让我们的身心得到一些喘息。

五感皆是虚妄，我们看到的是光谱的反射分布，人定义为色，我们听到的是空气震动，人定义为声，我们尝到的是碳水化合物的反馈，人定义为味。基因的本质在于求存和延续，而非求真，而通过洞察人心的诗词，希望大家一起去感受生活的本真，体会我们存在的愉悦与包容。

诗无止境，艺无尽头。我毕竟隔窗看山，立岸观海，距离诗词创作的境界还有不少的路要走，我会把诸位的赞赏变成写作的动力，细心思考消化大家的宝贵意见，审视自己的不足，努力使我的诗歌能伴随大家一起去体会人生真谛，去品尝生活的恬静。

我的家乡地处长安一座古显今隐的平原，他诗一样的存在着，依然给我们绵绵的智识与集想。

2021年4月

目 录

曲韵不息四季情

阔情润诗朗月明

追寻大美浪新潮

人间山水自得意

多情以往自然态

知觉灵犀风韵候

曲韵不息四季情

金小明 摄

时宜

循序果蔬飘甜香
季候生长纳正阳
物种万千纷沓至
琳琅满目盈市场

草木嫁接问春萌
阔叶枝头风击掌
不错序列芳花艳
天然结义是纲常

袁家村

春色溢漫花艳浓
城乡百里纷踏青
车疾风畅景轻换
农艺示范类时风
佳肴品类食味美
仿古唐阁飞彩情
关中腹地好典范
现代农业富百姓

潮汐涌

浩渺瀚海荡心旌
万千勇士竞攀升
百川汇流浪滔滔
万里长空生爽情
山峰高低存坳地
寂寞追思启梦境
历尽沧桑正气在
大雅之作风雷生

谷雨念

暮春时序谷雨生
暖湿气润交相融
雨来谷菽万象新
拈指品珍山青青
绿野勃勃折扇开
牡丹色艳撩心旌
桃花落溪泉上饮
悠然期待荷花屏

暮春行

春尽细雨起微风
驱车行路畅心动
天地浑然一线牵
世间物态自发萌

气候变换生异常
南北两极冰雪融
人生着灵曲音筝
滔滔弥漫浪潮东

春曲

莺飞鸟啭啼
叶萌芽声息
树林飘彩缎
微风荡飞絮

原野浪百花
果实孕胎育
万象乐响韵
众簇自然怡

春 游

桃红柳绿微风翩
好友踏青春花园
情浓意态芙蓉色
白莲出水敞胸前
轻曼香溢养心醉
童言朗笑唤时迁
日暮回味思轻狂
浪漫欢心好百年

行 迹

醒心悟志启文兴
知教致远赶时钟
初探启蒙善义缘
日月风雨苦历行
穿越跨界非易事
一颗丹心济世情
大漠迹行瀚海延
山川河流荡心胸

暮 色

繁华物态多缤纷
光阴似水无情心
变幻景色及春意
花开花落天然循
暮趣融合落何处
三山五岳朝气真
茫茫知乎怎分理
大智若愚表乾坤

棋局

楚河汉界相对垒
卒列前阵喊声威
士象围城保将帅
车前马后炮架位

阴阳平衡水火急
潜意形推设计诡
天文地理占卜术
军事谋略引领挥

兵点阵幻韩信将
演绎进退如神追
运筹帷幄策略变
虚实闪念格局获

底蕴

天地造物有真谛
抱璞怀玉倍珍惜
无垠培根生有序
不可揠苗自毁力
养精蓄锐崖石松
风雷雨雪摩天宇
知悟通识穿云彗
环球冷热蕴太极

长安公园

微风荡漾心旷怡
平湖春水两岸绿
花草树木绽新境
丘坪起伏放眼追
悠闲起坐聊世相
老少自得挥臂腿
忙碌四季换舒坦
关晓人性畅大美

山浓

白云悠悠游天庭
山青水绿元气清
微风荡漾鸟鸣蝉
谷壑醉态幽幽情

人间仙境故传说
沉迷神话醒心萌
春尽峻岭花香远
虬枝横斜挥手迎

峪盆聚宝水流深
平原腹地润玉景
万象依恋脉曲系
苍茫大地气韵升

蜂农

花期催人醒
蝶舞蜂采盈
拂光蕊眼开
蜜汁味深浓

行迹赶时月
趋温依季行
四时不同点
渴望丰收景

艰辛与甘甜
相辅又相成
岁月静好曲
悠然伴征程

候 鸟

依季迁徒异栖息
春夏孕育不同期
秋飞越往翔过冬
他年春时夏候律

冬藏鸟儿千里雪
梦回起升冷寒浴
习惯存歧留分野
鸣春寒蝉竭尽力

寓意深远生佳气
循规蹈矩添彩翼
诗篇古今一行排
奋力奋进自由曲

清 溪

清水一汪柔石心
湍急环流洗风尘
曲韵不息四季情
幽静深处迷离伸
山光映照碧色锦
晴空旷渺天籁音
鸟鸣戏枝微风动
溪径不竭汇春晨

初夏

春尽花漫夏眼碧
赤帜炎乍色迷离
燕子泥巢斜飞闹
蜜蜂远山采奕奕
田野麦穗涌心浪
杏桃朝暮甜汁蜜
梦幻白莲叶在上
长短彩艳飘单衣

知 情

春尽夏日炎
风云多变幻
知情在何处
欲望正蹁跹
地球自转行
天道不清闲
唯有心神静
悟思魂自安

漫 步

款步河堤水柔波
碧草花香舒心源
清风拂柳涟漪漾
镜面转换迷人眼
鸟翼斜飞音贯桥
欢声笑语尽情欢
随缘一游怅望久
畅想未来逾万千

心境

雨后彩虹云河升
心远定观且不静
辽远世事如图腾
难关难题慢衍生
春夏秋冬色调异
光阴荏苒总关情
顺其自然不辍时
运畴奋劲炼功能

母亲节

溪水流淌父母真
生命初步乳汁润
山辽海阔千层象
鸿蒙造世恩情深
夜梦思归幻觉隐
桩桩事理醒春魂
望尽列车前行路
循环往复是亲人

巩顺奇 摄

暮年情

——洪亦春老兄

蓝天白云碧潭心
朝霞露珠映暮春
光明磊落从容过
风雨彩虹架朋亲
平生砥砺多奋进
日夜兼程堪贤君
畅游江河搏闲浪
思维敏捷屡屡新

大洋游

——赞洪亦春兄

际遇环自然
目及搏浪翻
大洋岂奈何
浩渺海燕翩
严寒戏海豹
挑战南极限
感慨人生路
毅力志更坚

浪 漫

潺潺溪水清韵远
岸影婆娑美婵娟
人海茫茫同一曲
碧绿映衬悠然山
旷心朝见爽乐态
鸟儿觅食往复还
摇曳提篮孩童闹
青春男女爱情欢

化羊峪

庙宇禅声远
溪水沙石湍
清流碧绿动
日月似轮转
同窗忆往昔
情境心途缘
奋进不减力
凌空飞鸿雁

山巅

白云飘山巅
晴朗碧海峦
抖音短视频
浑然一体玄
清风吹万里
自然太欣然
健步登峰顶
祥瑞达天边

钻石婚

光阴荏苒留真情
寿比南山不老松
往昔历程同携手
艰难困苦幸福中
鹣鹣不离风雨舟
后继生命牵形影
相濡以沫雪线齐
爱心不息似华英

小 满

春尽夏至芳华灏
树木荫荫爽气豪
田野麦簇灌浆汁
蚕食桑叶白蟒袍

雨水滋盈万物生
鸟栖梨园杏色好
果实盈掬喜事多
石榴开红艳口笑

时节推衍年复年
冷暖交替变时膏
光阴挪移是常态
静动转换竞美高

崖壁

崖壁石缝郁葱茏
深谷险绝虬根生
苔藓蕴润石面花
斜阳投影陡峭升
鸟鸣溪音风和曲
幽静散然思微情
仰望千仞旷心至
蓝天白云弥泰顶

喜鹊

旋空鸣啼喜盈盈
音笛婉转乐心童
峰峦云山奇景见
呼唤远方笑清风
四季闻讯喳喳咏
心领神会爽气清
快意缘分连理枝
灵音朝暮旷世明

洨河园

洨河水清漫
溪径秦岭山
不息川河脉
渭河汇支源

初夏岸景碧
茵茵草木园
花丛续春景
众游聚会欢

时光似刀剪
如梦亦如幻
华彩在哪里
云髻霞光年

童心且未泯
暮颜朝海帆
阔望日揽月
情怀达无边

山 岭

卧立高峁乳峦峰
四方环眸目色青
微风轻漫翻书阅
草木葳蕤鸟鸣声

碧空万里旭日耀
溪音禅韵灵性生
大地江海环拱绕
一派氤氲祥气升

吾心乐至发感慨
胸襟旷怀赛青童
光阴荏苒步不虚
继往开来再攀登

日晕

绚丽当空虹环抱
白云浮碧色妖娆
奇恋目极岭旋彩
冥冥幻觉似仙道
乐进一处闻心声
大千真境存灵霄
众生朝暮历程多
真境不虚天不老

秦岭朱雀公园

碧绿山盘升
乱石叠凌空
溪泉涌湍急
蝉声鸣筝筝

路径弯道绕
松柏樟树葱
气候季风过
爽气胸气清

秦岭褶皱带
植物类分明
山体林四换
鱼鸟栖爬行

恋步不辞老
往返倍生情
天然一融合
唤醒八面风

抱龙峪

莽莽苍苍悠然山
西周朝术士木算
秦岭脉系分水岭
七十二峪龙头盘

正南一峪仙抱子
天子峪里降龙幡
石门出得李世民
扬名天下祥瑞磐

一代盛唐华夏史
高山瀑布挂激湍
如丝如线如梦绕
夏泻冬雪冰柱椽

四季景色天然兴
往昔岁月歌漫漫
幕幕醒悟启心智
史书演绎随君愿

南五台山游

五峰山[①]上积水潭
鱼儿乱谱尾跳翻
风水宝地耸云邈
独松公馆阁客栈
佛缘接心存一意
虔诚亦有民俗院
华山巨石生五峰[②]
华夏文明慧灵仙

注：①南五台五块巨石各生一峰。即：五峰。
②华山一块巨石生五峰。

忆少年

光阴不觉迟暮年
如梦一夜似怅然
忆思追远艰辛路
风雨彩虹霞光染
儿时怎能今昔比
千人万事苦结缘
朝阳一抹起步思
灵性至情存人间

凤凰山情

光照山峦幽境深
葳蕤碧绿映彩云
湖面如镜映倒影
风水滋润扎须根
青春性情时代引
胸襟开阔赏春晨
舒心静默生爽气
天然彰显采灵魂

芒 种

赤日炎炎闷心热
夏收撒种续秋禾
南方梅雨插秧苗
气候转换温湿泼
白昼时长利耕晌
科技催熟地落火
顺序适宜强管理
秋来挥汗好收获

一念书屋

仲夏爽雨润清幽
一念书屋聚文友
品评诗篇喻真醇
朗诵埙曲箫声悠
诗情意愫手
《仓台新韵》珍爱收
谢褒励
玉言好锦绣

儿媳葛枝献花佑
为报父亲依心旧
暮年不辍光阴移
留有志言兼金瓯
共约四季候
期未来
朝阳露珠
家国春风透

阅读

光阴如水长清流
时序慢慢渐进足
日积月累思慧敏
心胸开阔江海游

践行觅路寻常涉
生地熟见润色洲
差异存念温情生
光阴蹉跎秒时休

轻浮浅薄生雾气
动静行卧自然流
意念含蓄蕴定力
演绎通达启成熟

诗 悟

云生清雨洒碧潭
彩虹横空接远山
仰望祥气细研思
一绺诗情迹天边
古韵律调会今意
苍茫云海日夜翩
皓首对镜自樊笼
超越境界融天然

乾陵

乳峰阡路汇松柏
萧然幽静千古晖
无字碑前止步观
大唐荣耀显雄威

乾州塬上风水聚
陵石高望丰产堆
陪葬陵峰峦生现
草木葳蕤罂千邃

武皇遗憾续根脉
唐塔流韵长虹飞
石刻艺术堪比典
梁山合缘地势巍

荷叶

池塘碧叶叠扇片
清雨落打珠晶面
鱼虾不惊漫游曳
挺立翘盼月儿圆
一帘幽情香似玉
期待菡萏配天然
绿洲漫漫迎风舞
花开粉黛赛朗天

太平峪

幽径太平谷
錾沟水石磬
崖壁滴妙音
旋出万丈顶

根木石缝隙
春夏季杜仲
冷杉鹃牡丹
金雀鸟儿鸣

仙鹤霞瀑布
湍飞天籁虹
不息风簌簌
韵律万灵性

苔藓挂湿润
游龙急波涌
虬枝各异态
晴朗照山浓

世 事

世事无绪存条理
脉络层次常分明
欢言喜颜恋情生
一源温馨古今同

公门百出醉意醒
无花结果绿叶萌
拜迎为何心欲碎
衔接时序四季行

浑噩之间寻常事
鱼吃虾跑追尾从
风尘月花色存异
天然巡回启迪中

庚子端午

又是端午一节来
历史记载悲悯哀
家国惆怅恓惶景
愤然投江真情怀
祭祀诗祖长留念
春雨萌芽绽放爱
人间美意前奏曲
晴空蓝兮爽气开

婚礼

良辰吉日高悬灯
浓妆艳色挂彩虹
喜结连理步红毯
岁月如歌浪情声
司仪调侃相拥吻
如宾如梦敬一生
香槟对饮痴心醉
亲朋见证爱永铭

灵 音

——端午诗会

驱车凤凰山
绿地野田香
吟诵向晴空
诗意端午阳
芙蓉髻艳色
穿戴藕白光
梦月飞缕彩
箫笛情韵长

豪情

歌声曲调旷心野
望尽山色迷魂悦
清雨洒洒天然浴
时光不老真情切
黎明意境丹霞染
默然感受彩虹晔
青春跃进不负年
人生路途争锋阙

金小明 摄

纾 困

时月执对称
冷暖寰球风
疫情传未尽
目色焦虑容

今日越明日
心境千里重
细思存长理
迷离道不清

纾困济解难
策略唤醒灵
层叠韵律欣
搏动千关情

精魂

起步严律己
行程可预期
今古生存史
自醒卓新宇

功利取平衡
悟透行进迹
初始并不难
考验持功绩

灵魂普世真
广袤现灵犀
江河深清浅
阔远奔无极

路 径

宽衢路径远
悟道勤测算
风华多情遇
万象聚心田
泰入境界中
趋闻灵气旋
诗意拂面来
慧心知天然

坦然

四季朝暮日月行
天空云雾多衍生
山青水曲自显象
赏心悦目人不同
鸟儿飞迁冷暖知
世间欢歌伴泪声
狂热柔和爱意换
蓬莱仙阁飞笛风

暑 访

七月阳金相辅成
万物各类相貌丰
碧叶蛰伏添厚阴
深情孕育秋果铃

暑温南方暴雨季
双稻收种适时拢
小荷蜻蜓空旋转
芙蓉艳色映彩虹

畅饮季节香味醇
进返旅程循序中
云雾风浪归登第
唯有真理启民兴

葫芦丝

音律溪水长
曲韵折浪响
淑女意态真
涌泉湍石淌
幽静树叶馨
蓝天闲云旷
牵魂拂尘心
星辰启阳光

高 考

十年寒窗登第高
寒雪暑雨草木豪
读书蓄根青竹节
跋涉阔远自望瞭
境界步步山峦升
坚韧爽趣多迢迢
求知结缘源无尽
仰天俯地往心遥

父母盼

望子成龙女成凤
日思夜梦牵挂中
何时花香硕果现
阳光月明四季情
生长培养适时节
百川入海终归东
但怕误了少年头
痴心片片撞时钟

地 摊

妻摆摊叫卖
男人掌勺快
味美香四溢
满场划拳猜
酒令指法正
杯杯畅开怀
街巷谈笑间
生意火起来

豪放

暑热消得人清瘦
草木色润孕丰收
细雨飘洒逆降温
人生轨迹多绸缪
柔情曼舞功力劲
塞外歌吟信天游
天然生存必有意
岂为一时计忧愁

南 湖

轻歌曼舞轻曲秀
湖面涟漪鱼儿游
小舟鸳鸯相争渡
岸风飞彩眼难收
高楼玻光湖水漾
渲色弥漫心态悠
芙蓉花开暑时贵
幽境意趣婆娑抖

暑气

暑气旋升阵雨梭
日云三变当空过
冷暖湿热汗无声
草木温润添厚色
单衣裙裤着妆艳
宵夜广场舞伴歌
疫去心绪再释放
真情寄托天籁和

荷 塘

流霞闲云染地辉
荷塘叶盖碧绿水
老少轻狂柔姿舞
菡萏羞怯片片葳
莲子急急催花艳
岂知自胜循行规
竹林柳荫爽气醇
仙阁悟道静心扉

多 变

庚子年岁异象显
曲尽韵催不合缘
雨水漫堤疫未灭
地震多发闹年干

北极冰水航海源
南极漂流浪雪山
世态多舛呐喊声
幺蛾频袭沧桑田

温故知新抚今昔
自律觉醒信真言
曲径通幽塑品格
呼唤平安天地间

屈伸

紫藤缠绕蛰伏长
夏花开处色冠狂
峭崖断壁枝头蕤
韧劲葳奇盘龙壮

生灵万物处世慧
潜力智能后弥香
难测风云夕祸福
荣辱浮沉本无常

蠖会缩身扑地行
岁月逆境屈伸张
柔里克刚功业盛
变通策略是验方

甘孜行

西域风景采蔓花
山峦路径挂壁画
虔心一片结佛缘
天籁灵音慧天涯

地形起伏原丘峁
横断山脉出谷峡
沙鲁雪山金沙江
气温参差湿热大

名贵药材品类多
食用菌菇质不差
动植物群争繁殖
矿产资源储量华

唐卡异彩福祥瑞
尊位不同层第挂
藏族文化多元存
彼此依存享中华

旅 游

蓝天白云山巅走
鹈鹕不离彩凤秀
格桑花卉遍地开
芳菲妩媚爽心收
暮年闲情逸致远
岂负韶华悄逝流
风吹华发振衣起
青山不老喜投足

青蛙

潭底青蛙观井空
悠游水漾自歌行
鸟儿歇脚相对问
自由飞翔天宇鸣

惊讶茫然不知措
大我小我不同乘
安于现状岂思进
浑浑噩噩度日程

建树人生靠品能
领域广阔涉足顶
丰富多彩求变新
耐性纵观岁月情

暑雨

茫茫细雨洗暑灼
千里浓云飘然过
清风润泽相合欢
心境旷远降逆火
天公变幻难规循
事态曲意并蒂多
溪水汇聚载浮舟
蕴蓄能量聚收获

巩顺奇 摄

雨后

雨后晴空闲云轻
河山碧蓝遥相映
田野万物迎光照
蕴情蓄能禾木生
眺望千里欲不尽
爽气萦绕慰心灵
游步行街自欣赏
视频景色乐无穷

晨雾

天晕红日雾雨腾
时隐时现慢高升
隙间光照云漫卷
大地物态显丰盈
驰速车辆灯幻灭
鸟儿翅展引争鸣
朝暮之间多变化
瞬息转换不同情

幺蛾

病树旁侧万木林
夏暑秋寒冬逾春
疫情演变难阻隔
财富缩水祸害深
世情纷乱幺蛾飞
硅谷富商求利润
迷惑大众追风跑
掘地取银钵满盆

无题吟

爽气清歌传远声
谁知岁月多往情
栖迟不息忙奔波
勤读思梦欲三更
朝露霞光青色暝
点滴收获悦心童
含辛茹苦梅经霜
春风唤起百花浓

瓶 颈

光阴挪移慢长行
人生随处遇瓶颈
心有障碍一堵墙
突破阻挠脱颖生
浪迹天涯茫茫然
航海罗盘旋转星
曲直是非循道统
智慧恒久望成功

清晨

清晨锻炼涔
日羽照木林
竹景幽裕处
泉水叮咚深
鸟啭光挪影
动静脉旷心
万端接地气
暑热探秋音

北斗卫星

制导接地通
北斗航宇行
智慧传真谛
万里伴歌声
创意出奇迹
科学争顶峰
五洋深测探
九天御凌风

梦

雾云足下腾
秘境高山醒
环望万里碧
天域浑太清
仙阁哪里寻
心绪往来情
意志蕴动力
巅峰励人生

湿热

阴雾湿热汗腺多
单衣浸透浑不觉
草木蓬勃静宜润
芙蓉莲子多情约
物象繁茂鸟声邈
行路君子匆匆过
学子佳人思缱绻
淡定悠然心态乐

婚龄

妙龄青年皆童真
缘分难圆各迷心
蕊粉正时笑轻过
藕丝作线岂穿针
红花芳颜春风笑
言谈意表结良姻
长辈日夜心操劳
片心冉冉发白云

晨曦

天透云影伴风光
眼界仰观知方向
巡游物转日月动
真实不虚具窥像
商海定位随潮通
时局机遇出能量
实事当归稳中求
反躬自省不负光

会 友

知慧见怡忙事休
轻呼相约不外走
气候挪移心清爽
晴朗景唤他人游
暑热对饮思冬时
悠闲自得旷远途
观念求变不老林
不负韶华上高楼

内 功

多情自古迷心团
忆昔往事不休言
世境百态愈堪冷
惜时切换非偶然

风吹青云载雨过
仰送蹉跎昼夜间
桑田本功接地气
天然循规系一念

立秋

暑尽秋气爽
鸟声脆清亮
气候分早晚
草木润露妆

时序节节换
喜乐蒂愁怅
蓉花红颜旧
藕节塘泥浆

蝉鸣百草孕
硕果飘馨香
季首姿容态
慢迎风吹霜

山雨后

晴空光波影
碧绿山旋青
蝉鸣声清脆
旷野浪远行
秋景送暑尽
静候迎凉风
坝拦壑沟水
平湖秋月明

堪 迟

秋后雨露滋
情怀总堪迟
万象随季转
返觉无尽思
常怀焦虑态
且感忙忙失
读懂人生书
风华夯精实

秋 象

红花飘落年半中
佳气豪爽果实丰
炙热冷浸精气深
光华云髻朗月明
鸿雁返复羽翼过
茫茫云海长天重
风雨浪声东流去
望尽无垠搏朗峰

阔情润诗朗月明

巩顺奇 摄

辙 迹

昔日朝进只知春
百花丛中觅心魂
潮汐浪尖险遇过
时光荏苒再履新
沉酣之中求好梦
意境现实更归真
虚实之间谨守诚
动静辙迹索新韵

书 香

尺堂雅阁润心灵
披阅悟真涯时空
蓉塘画屏光映照
真情诗赋朗月明
虔诚一念多书滋
清风送爽聪慧境
土生万类济世药
涉跋书径攀高峰

无题弦

暑尽还秋天
爽意天然缘
君心轻移动
浮躁满身缠

年半超声波
动静难歌弦
坦荡酣梦里
捉襟见肘烂

谁知哪有错
春色不随愿
蓉花揽时开
焉使玉颜欢

情 商

季节交替无长景
日转热冷心像生
异彩时宜各取向
人脉超俗八面珑

情商智慧一生过
处世拿捏趋时风
心机城府耐性力
慧眼经验混合行

事物生长依循环
阳光雨露洒真情
长趋一理知望月
坦诚真心照明灯

七 夕

雨后晴空阳伞折
碧蓝闲云漫游曳
山峦峭屹溪水湍
大地物象硕果结
处暑热凉馨怡至
秋光苦辛温柔节
自然分星七月七
牛郎织女鹊桥约

心 诚

闲聚言喻话真诚
人生一世苦累名
量本智能皆劲出
天愿不负幸福程
路途荆棘繁茂长
坦然心态从容轻
朝往暮归四季换
光阴百汇坦照明

幽情山

天空色柔
草木香
尽染秋高气爽
古今同融此景
人可否一样
幽情山
溪水鱼鸟
又添得
路曲车跑
游步探望
仿佛仙阁
神奕快道

笑连兴
为未来
波音长空啸
催使辛苦幽咽
闻讯胆气豪

足矣起
望云检月
相互依
媚语絮叨
亦续真谛檀槽
至情往骄

酒兴

金波茅台香酬
点滴玉杯酥柔
情意境
艳花间
皎月伴君享受

敬出知己问候
切事回转吾友
愁闷解
顺气和
醉他日月时时休

逐 香

梅花孕蕴
芙蓉竞香
秋月照
叶珠净亮
微寒爽清
谁把秋景欣赏

雎鸠河上
情谊如此酣畅
生续间
自然开放
月斜窗棂
群类在张望
隐隐伴随歌唱

绽 放

蛰伏醒
春花绽放
孕育秋葵香
莘莘学子大道
步伐迈向梦想

襁褓中
亲昵风霜
俱往情
日夜明灯
陪伴亦浓
子女龙凤
吾忘汝妆

喜鹊叫
学府榜
终分享
硕果接缘天饷

曲乐天涯海浪
飞起鸿雁翅膀
巡大地
山河彩
撑起明天豪狂

碧蓝

青山映青葱
碧水航海行
闲云飘何处
天然一净清
旷心至极致
仙境显灵情
翠薇自然爽
眼界万里空

喜宴

肴馔桌满
喜言欢
杯杯盏
恭贺喜事连连
男当婚
女出嫁
欢天喜地良缘
执手鹣鹣

日月进
浪漫牵
春花秋果丰园
同奋斗
星火燃
懂得扬长曲赞
幸福安远

立意愿
人设签
理想自胜预言
情商高
相互传
朝阳朗月陪伴
四季飞光艳

臊子面

高汤滚
火焰蓝
香溢浮空
面条丝带缠
五颜六色菜合欢

寓意深
缩情缘
长寿春前
岁月静好传
合欢笑靥丰满添

乡音浓
今古见
老少和谦
家常道不完
忆往思趣挂心间

秋 叶

秋风飒飒落叶轻
碧绿渐黄不了情
残老不掬季节换
地球转动响时钟
万物生长风脉动
心态不败战神冲
松柏挺拔哪知寒
梅芳送美迎春风

温馨调

秋阳杲杲
光处热
阴处凉
甘甜果待寒霜
染尽一树红叶
雌雄同体妆

秋风起
草木枯
一夕飘落飞扬
海雾暗
鸥声急
展翅高旋远方
山色暮
菊艳爽
莹莹着意芳香
季时换
添加衣
萱椿堂居住
一念即忘忧
温馨长

壁峦

木根生石缝
壁崖润色青
藤蔓攀爬立
眺情望峰顶
云山诗意远
美波绝佳浓
侣行谷溪水
心潮浪漫升

藏 书

书藏大学图书馆
思维源
智慧传
一盘真签卜世迁
愁天曙
光灵验

春起暑秋梅花绽
言行践
悟道宽
暖玉环佩着色艳
双锦带
世情欢

发 小

发小结伴游
旷野瞭望洲
华年趋时钟
暮秋华彩柔
地老人有情
情意浪漫悠
冰棍轮流舔
天使缘分修

国槐

春来叶晚到
秋色飘离梢
花米暑嫩香
木质硬檀灏
年轮慢细长
四季黑色包
古人留印迹
堪为树史瑙

岁 月

江山原图彩新朝
各界意境揭心潮
南来北往步履深
东长西短知情骚
湖面无风浪迹平
鱼虾游戏翻梭闹
灵犀点点皆异动
时光不老谁来消

校园

乐曲荡漾翩
学子梦想园
真谛曲直生
潜心刻苦炼
夜里醒三更
日出灯转换
芬芳迷人好
翱翔撑起天

湖 水

湖岸柳竹相摇曳
芦苇风吹笑意醉
幽处路径满清爽
映天镜面翠蓝媚
涟漪戏弄鸳鸯鸟
秋阳抹晕染葳蕤
闲云只为点缀素
远山呼唤洁净美

湖莲

莲叶碧泛黄
子熟聚叩霜
颜值显枯萎
青蛙荡远方
蛰伏藕节深
冰冻出泥塘
暑热赏花灯
宴会爆脆香

丘园

绿草拥石仙
艺兴高格园
林木盖绿荫
溪水鸟吱线
人设天地景
理想接空间
起伏浪漫极
梦境接欣然

夜 雨

夜雨飘洒雾霾清
朝起露珠映明灯
蓝白相间云素锦
银机飞鸿迁远程
微风凉爽发髻醒
秋意登高色彩浓
万般着意脉象显
疫散四面趁游兴

步 态

时空穿越古今风
步行千里世事重
历程艰辛风雨伴
怀远思诚往情生
自然物象自由曲
仪式仪态设地形
浮沉不知放何处
忘记自我德才丰

钓 鱼

三更忙行当
朝露吊杆长
适时鱼开口
浮漂彩虹梁

饵料相觅对
甩线赛斤两
静观养心趣
水谧花生香

稳坐心不躁
漫游接细浪
耐性不负意
泰然结缘方

冷 静

季风换时径
浪迹涌涛声
云雾腾升起
极目海潮浓
惊世阔容纳
冷静观其功
鸿濛山为谷
谷深曲为陵

金小明 摄

华 为

科研建高峰
世纪彩凌空
天涯招手见
信息传真情

树高招林摧
寰球遇寒风
毅力再求变
春风吹残症

以实求真谛
坎坷过远平
人生无剧本
进取实业兴

喜 孙

秋阳映秋韵
硕果伴香君
神奇添异彩
岁月朝新人
浪漫乐心宝
牵手赏天真
肴馔酒杯盏
合欢捧童心

悟醒

和煦风雨四时换
酌酒不曾贪杯满
情遇思迁多往动
皓首白髻常依恋
草木花色雨润滋
硕果香溢丰满园
境界乐趣生祥瑞
老朴纯生水清泉

希冀

高山峰峦眺望远
日朝霞霓一线天
徒步攀缘赛毅力
格言自律不虚幻

持节恒定循序进
痴嗔欲望舍弃完
曲径感悟好时段
精神物丰盈满天

强者岂能惧风雨
弱者担心天色变
幸福眷顾奋发人
色彩奇异晴朗山

黄河源

渲碧镜曲面朝天
神起巴颜喀拉山
委蛇绵延长萦绕
浩瀚跌宕生命源
溯游至情绵万里
落霞迷照赤练缳
意境宏阔去何方
溪汇大海谷恋川

秋分

凉风秋雨早登场
时序白昼均分长
夜长光短渐渐寒
树冠挂灯果亮香
沃野棉球映白云
稻色摇摆波金浪
红黄绿橙相媲美
菊花送来秋气爽

路 行

朝起夜行
凉爽微风
行业事业
急急匆匆
不同形色
心力倍重

争得一席之地
享誉荣
搏得名声
春早暑热
秋景寒冬
念念不忘与天公

思 索

春花已谢秋颜果
日光风雨华彩多
历程前后再磨合

喜迎坐
茗茶喝
欢言来去又如何
话重音不落

迷眼朝见旁意趣
君智青粉笑靥荷
静言中
无尽遐想多琢磨

立意

高足立定仰望天
旷野襟胸落霞烟
书海云林涛浪汇
沧桑绽放山连川
多情能知慧何处
光照投奔日月圆
天然演变无定河
沉浮不遏永向前

校园慕

同窗聚
似春艳
情游大学园
赠诗书
知识坛
融汇花甲浪漫

楼堂宽敞
教室明亮
莘莘学子思维源
春山在此翠心间

玉颜尽白
竹风其节
师教努力辛苦艰
皓首雪花风骨还
今朝慕
不负献
人生依然望前瞻
事业兴
永超前

柳研会

硕果秋颜伴青童
意趣爱好华发生
文学悟道铭心志
畅想未来浪迹东
事实事情事哲理
华颜形象相续升
岁月峥嵘何漫漫
江天阔海浮远空

浮 灵

秋象气息热冷融
阳照月明灵性生
万物脉络肌肤缩
采摘蕴藏备寒冬

人启意图多奇志
哲理天然浮情中
季换呈现逆向走
循序渐进多灵动

青睐自爱春意来
生活事业皆相通
风雨转换因常规
昼夜不停运动行

璞玉不琢怎成器
无畏雕刻自律形
放飞理想尺尺起
朝霞彩虹眷顾程

秋 喜

鸟鸣觅食约
鹊叫喳喳乐
水流激香草
静思河岸坐
天然知命觉
风雨兼润活
田野丰收景
村女放情歌

图书馆

典籍润灵根
滋养育新人
朝暮点灯盏
刻苦钻研深
书山溪知源
万般一品金
古今相融合
餐盛大美臻

感时

秋风吻细雨
无猜情趣宜
相换衍自然
洒洒交响曲
山林穿凌霄
朝晚换新域
远行悟时节
超凡越生机

茅 台

赤水河边醇窖香
中外驰名肴馔芳
举杯齐眉敬一盅
酒尽颜面泛红光
苦思一瓶三亩粮
商家炒卖价飞涨
长饮不觉一味醇
精粮细作结心长

相聚

藤树曲杆硬
枝叶花蔓生
季风吹雨至
苔藓绿争浓
暮岁同窗缘
公园彩情风
日月湖光镜
精气神充盈

秋情

秋风秋雨天已凉
树木草叶日渐黄
竹林飒声寒气至
枝节傲骨待雪霜
为爱哪知凉意侵
相知艺趣多欣赏
若是居家难出门
恐怕要负菊花香

祝 寿

萱堂在上望百龄
沧桑年月艰辛程
生日恰逢硕果秋
儿孙聚庆丰宴隆
乡邻同来喜祝寿
香气四溢杯杯情
人生漫漫起伏长
常青无忧享余生

寿诞

椿堂在上家兴旺
忆往年月苦连香
欣逢今朝万象变
生日斟酒趣味长
子孙乡邻同祝福
青山不老精气爽
岁持剪刀裁云霞
好暖心态似验方

降温

天时雨过风轻狂
厚云飘散淡云光
温度渐进深秋里
丝巾围颈莫受凉
慢性疾病预防早
外出早晚加衣裳
饮食习惯多注意
吸纳阳光暖心房

追寻大美浪新潮

金小明 摄

儿 时

暮年忆思儿时光
岁月恓惶苦辛长
食不果腹光脚片
衣难遮体烂裤裆
桃核三角娃娃书
打猴鞭子连声响
铁环滚动顺风跑
尜棒四季打远场

双 节

细雨润秋浓
中秋生日逢
十九年叠次
温故知新明

白云映水光
吐雨山气青
点点滴滴汇
岁溪石罄声

意态始发径
游趣采风景
难得多异彩
凉霜染叶红

天幕晴挂云
朗月旷野灯

把盏畅饮曲
月盘灵娥屏

天地俯仰望
涯比邻相融
合欢不负意
菊艳并蒂生

巩顺奇 摄

追 寻

北疆漠河挂冰霄
光彩超然风采耀
南海涛声巨轮航
鸥燕蓝天鱼尾翘

日出东海霞光照
万物苏润醒眉梢
西域广袤果飘香
帕米尔原乌恰高

神奇物态存富饶
人间真爱添微笑
奋进仍然不止息
追寻大美浪新潮

栽 花

轻风拂面人爱意
花香鸟语爽心际
节令来时莫错过
穿着厚衣栽花圩
急功近利拆迁房
起步需要良田基
熟地哪知无景色
荒野荒木待花期

新 人

艳花袭新婚
婚庆见依真
孩子缘分至
钻戒订终身
父母乐心泰
恭敬言行尊
风雨见彩虹
收获享天伦

社 火

日子热冷变幻中
人同异态自然从
调整自律不时休
社火焉有长年空
五颜六色多点缀
缤纷飞絮浪真情
居安思危古今义
谁能拿捏风中铃

真 果

春风拂面花绽放
雨露沾湿暑热光
但怕船过水无痕
秋来真谛硕果香
刀快新发于硎磨
精气神情步态常
意念角力创新路
基因生物化学奖

山景

寒露时节入山径
冷雨湿雾生寒风
白云绕练山势低
崖削静默萧瑟中
藤枝叶染寒霜至
坡坎脊梁出芙蓉
壑溪汇聚溅瀑布
自然无恙换季生

恋 心

自胜恋心似秋锦
不同翼彩放飞心
绿色萧瑟染黄艳
迈步青颜旷汝君
静默笔意随思远
天涯海角慧灵魂
谁不此时乐进至
蹉跎一生浪光阴

水 情

水面涟漪摇曳心
夜梦初醒启春晨
柔情绵绵曲向流
呢喃侬依唯一人
日重长夜源汇远
四季风情吹缤纷
生灵万物茂元盛
息息相关水命深

漫行

沿河漫步生浪情
滔滔不绝往心动
自况不知流多远
一望东去不西行
今日走过他年无
光阴错过岂回重
斟酌随缘不负志
上善若水岂争名

萧瑟情

带雨含烟
绵绵不停
深秋迎寒冷
鸿雁南飞人字行

叶纷纷
落尽当年春
一夕萧浓

年年叶飞舞翩翩
岁岁人去更生情
枝芽蜇伏萌

归来花满树
新枝一汪青
正当季候来
百鸟鸣雀灵

巩顺奇 摄

梦 花

相思梦
春花境
舒心亦新花影
爽宇莺莺梦飞丛
不被香溢惊醒

庭院旷野艳姿莹
清溪桃花相映
恰似闻见异色行
难定微风拂动

校园雨

清雨润校堂
才阔育栋梁
满座慧思梦
聪明化才良

灵性普德惠
青春神情爽
寒冷奈我何
神张一气长

今古皆崇尚
元气固身强
启蒙春天花
秋来收获忙

融 合

关照季第重文生
单行过计难从容
千古人才知源起
创意博新书动能
高低驱动昼夜溪
文理科学皆相通
曲艺品茗欣味长
依恋阔远出大境

先 行

深圳一幅画春图
四十年胜百年修
寻思哲理在何处
规章制度市场优

理论实践多良才
资本运作相运筹
挑战之中育新机
变局况境实事求

先行纾困向前看
宽容大度问题纠
行迹数趣网缘结
复兴大业春复苏

起而行

晨起拉帘朗开明
秋雨连日终停休
凉气渐近肌肤寒
暖时景色慢落流
闲云遮阳带羞涩
远方巅峰白雪头
起而行之祛萧瑟
实践人生多情忧

笛 声

笛声清竹影
幽情园林风
阳光青草碧
如梦似幻中
风筝旋空翔
脚步浪漫轻
旷心随境远
自成一曲情

秋 英

秋英荟秋景
风染霜叶浓
目测相比拟
艳色赛芙蓉
站立合欢宇
不闲云气清
时境岂寂寞
梦幻夜明灯

人生序曲

十月怀胎落地生
时光相册叠新景
襁褓维系父母心
一尺三寸养灵聪

春夏秋冬又一轮
日月灯盏乳汁捧
怜惜爱意入骨髓
怨言呵护亲昵声

牙牙学语百口练
不厌其烦唤心萌
翻身立走步步挪
芽苗随风多好动

学前教育初起步
谁愿起跑线落空
特长技艺各种班
春花芙蓉菊梅冬

童年书包肩背重
玩耍已是朗月明
预习课本家长陪
砝码不比老师轻

年年月月向上攀
小初学毕升高中
风雨彩虹交加汇
期盼龙凤早飞腾

高雅学堂广袤垠
境界启迪思梦行
风华正茂自超前
未来朝见良才精

社会熔炉铸造兴
努力岂负辛苦程
家国情怀同担当
奋进历程色彩屏

三十河东复河西
树木成林碧色丛

清溪路径汇海缘
露珠闪耀泽宇清

暮年乐家儿孙乡
自感眍眼已休庭
思维慢转脚步沉
茫茫人海寻芳龄

人生难得悟道醒
自有规律是归程
康健幸福多感乐
今古序曲天然生

金小明 摄

信 步

鱼儿水中自在游
舟行千里靠摇橹
春风催生枝叶浓
哪知终被风吹皱
吾崇君子不离弃
哪知君心早退收

常思患处反躬过
煮水气浪漫蒸腾
吹落树叶不怪风
秋意伴随天然足
吾知伤害岂是君
追求多情不自修

蓝天闲云微风中
寄托心灵远方守
目送所思启哲理
情趣浪漫天宇眸
事态规常起步因
意境深远唤真情

预情

一场危疫四面惶
秋霜欺凌百卉殃
异态频出抖音发
是非曲直验情商
观念转换人不同
坦然自若困窘伤
雪花飘来寒风至
行进途中保刚强

浪 潮

——同学回往叙情

光阴似箭不回寻
忆起寒窗苦读吟
朝露行出暮色归
课堂嬉闹劳动勤

茫茫人生刚起步
大道争锋失迷津
校园转回农业社
体格单薄炼苦身

父母之命媒妁言
口出即随订终身
想往美好自泰然
旷野朗月绕白云

情商博弈常被动
清水波浪高差深

春风拂面花开迟
不知不觉浪费春

辛勤进取路径宽
岁月岂负执着人
萱堂儿女育良才
妙趣横生继往伦

柳暗花明阴雨过
彩虹横空天地伸
浪迹怎怕涯角远
轻舟涛声伴随君

秋 游

相机觅寻秋天景
异彩纷呈胜意浓
山川波湖灵秀地
精气神韵朗笑声

爱趣鸟鸣染红叶
风吹皱叶飘落零
时念回归秋披霜
无为有处心境情

旷达收尽感慨深
日月周转昼夜明
寒梅嫩芽梦春醒
鸿雁复还往情生

驰 骋

驰骋高速朝远征
楼林闪过立树风
旷野山谷深远足
春花月影结伴行
百年焕发千年事
唯恐急功近利程
谁不想去仙阁里
务实求真和谐生

乡 间

小路土塬秋收种
转年麦苗出地平
田野多彩姿容态
白菜笋芹果丰盈
房前屋后挂谷玉
灶台炒菜酒杯庆
老少笑靥拉家常
变迁浪迹新农情

春花红艳

春阳花红暖人心
秋来硕果满欢欣
风雨阴晴泥泞路
收获一垄三七分

情态物华同生存
豆蔻岂有归一人
理情同为孪生子
父母难弃牵挂襟

儒道至圣如常韵
胜负彩舞是礼聘
化学分子起反应
美酒好喝酵母真

秋 颜

霜节郊游晒秋阳
眺望远方异彩妆
风吹叶红黄叶飞
染醉山川鸟飞翔

环境优美比春景
新科产业孵化仓
谋远规建交大园
好似秋果奇异香

沣水流汇入渭黄
关中道情豪歌唱
去除守旧思维变
寒梅不挡春花放

杯盏

滴酒已尽转头空
醇香酣醉言谈惊
今往事态不相干
自律哪堪讲规程

晕晕乎乎日暮落
懒得天意误时钟
绪论不知枉语乱
茫然若失起于行

鸟鸣南北跃高岭
星探空间寂无声
三三进九加年岁
激情相逢向上升

冬鸟

飞入冬林迷离遁
寒风吹叶惊乱奔
觅食寻粒频飞动
枝条摇摆散纷纷
窝巢屋檐阴廊寄
鹰击猫抓惊醒身
一念谋食唯冬尽
灵性期盼朝春晨

霜 染

秋尽霜浸颜彩变
湖面倒映醉山巅
间润五意开彩翼
冬阳花绽不曾残
南北春色无来去
渺然心态战岁寒
旷野犹见众目新
游人着迷共婵娟

再重阳

深秋又遇满头霜
年华染
又重阳
五颜六色
还与菊花香
看景赏花泰悠然
不烦恼
兴致旺
旷心常

岁月
秋月
不哀伤
昼时短
夜时长
季节轮象
自然态

向往时光
得体福至
梦境到远方
朝夕花情再起浪
辽阔域
怎徘徊
感上苍

至真

雨后晴光接远近
旷野爽气宜美人
如画如歌从心起
诗人觅境旷野新
才良不作虚饰事
季节变换冷连春
大鹏飞旋影起风
扶摇直上依天巡

弃 旧

今古天下多少事
抬头低首亦如故
其中哲理悠然在
照本宣科难建树
季来风吹云雨生
年年风华不同秋
求得真意不闲游
门轩开处爱尽收

舅母

舅母寿诞望百龄
艰辛伴随幸福程
白首不怨世情非
佛缘禅念心善逢

往昔岁月家老少
饥寒温饱昼夜更
舅父在外苦一身
儿女吃穿不落空

困难年景稚子多
慈爱乐趣春意浓
甘苦如同十月菊
秋色收得硕果盈

子女从事家国事
岗位职责精彩行
岁是天寒风中雪
耄耋之年苍翠松

人间山水自得意

金小明 摄

风 铃

高空挂风铃
昼夜闻远声
岭外旷野阔
接应四季风

悠然浪漫步
舞姿优美轻
不怨春暑寒
艺趣迷蒙中

花怕寒来袭
梅香溢霜迎
叮当可兼韵
跌宕春秋钟

花 念

花颜值品枝杆柔
寓意符合时令周
各取时段芳菲絮
蜂蝶采蕊雨添愁
自然山水顺势悠
林鸟争鸣阔域留
梦境玉美幻觉好
真趣是否在高秋

圭峰山

红叶霜染眉
冬阳金叠堆
青黄相簇锦
旷境达远晖
尖山仰天叹
丹霞牧风惠
闲云拭朗月
精魂山势巍

菊园

五彩缤纷放华光
花卉璀璨晒冬阳
中蜂争撞采蜜蕊
飞蝶光顾立冬象
闲情逸致人自醉
相互俯仰飘然香
佳期妍延三冬久
色调自荣孤芳长

抖韵

环宇抖音绘远心
蹁跹飘舞春花嫩
秋月换取芙蓉颜
既往情怀幻情深
时光飞逝难留客
恍惚之间过春晨
昂头威赫曾经有
问古风歌乐香韵

冬暮

冬阳日暮水逾冷
风寒挥扫霜叶轻
鸡鸟觅食光坡绕
灵性温馨斜阳中
草叶染见芙蓉面
池塘藕鱼佳肴盅
菊艳相邻柑橘熟
冬景不负人物兴

拥 堵

道路通衢为民便
施工规划精心延
标示提升醒目立
疏导交警指挥前

路面坑截成拉链
衣裳怎能屡翻穿
似好岂有任性多
世态静需人人管

拥堵车辆不熄火
喇叭鸣笛雾霾添
行路君子睁眼过
言语无声心抱怨

风云

寰球风云在翻腾
默然顺遂热与冷
冬阳冷月报清霜
怅惘忧思仰天空
疫情祸患幺蛾出
世态不时现朦胧
生存慧灵清晰尽
暮夜渡过霞光明

山间行

车驰密径山中行
极目境外卷冬景
枝上金叶霜红染
心思云雁自然情
莫言动静梦将尽
深草衰微寒烟生
幽怨蛰伏渐倾歌
明岁春光碧花浓

暮曲

暮气蒙遮眼
冬景颜值变
心境何处寻
换屏绘悠然

水清木华路
茗茶品道禅
静思犹可惠
千里潜书缘

好曲岂忘真
美意妙歌旋
别过教训史
务实超越前

市场念

市场经济百花开
相竞互艳向未来
遵循规则讲诚信
资本运营合理在

宏观调控时代步
实践逻辑理不败
目标问题作导向
有敬有畏方兴艾

清水流溪鱼难聚
酒无曲乐怎畅怀
劳取分配按时付
动力创造家国财

开放国门突破路
不拘一格用人才
高屋建瓴知去向
主动出击添新彩

冬 春

冬阳欲寒生雾气
将暖之时微风吹
一年光景行将尽
梅花芳香春意推
阳坡柳枝透萌芽
桃花艳红盛时归
腊酒备用好欢聚
渐进炮声乐心晖

大 棚

叶红黄花已秋尽
碧野泛白雾绕津
农田绿芹萝白菜
温棚花开翻样新
蔬果品尝无时季
肴馔飘香色彩均
农副牧业呈需纷
富裕生活康乐欣

寒食念

寒衣节至梦故人
往事牵动心
无端境旷觉似晕
地萧瑟
柳垂思沉
怀念流霞难满
幻梦月难出云

花开花落自然循
泪情怎能分
冬青菊花皆知念
正自明
温意清仁
感恩故人铺芳草
后生树木成林

探 心

脚步叠加在走新
创意推演无限伸
心境财力紧跟随
稍等停息落春晨

秋风吹起染色景
峰潮悦见非凡人
几何射线无尽头
真情不拒真爱心

平生博弈海域阔
回帆是否可有君
迹行千里美幻约
力健之时苦乐匀

秋 林

寒气近逼树木深
叶落知秋心归根
情境不同温馨至
冷暖自明醒悟真

冬青铺地金黄卷
萧瑟纷乱催春晨
静动叶声鸟觅食
空域悠哉冬阳云

径道弯绕塘泉喷
古诗篇章点缀新
若化天然生情怀
清水同样可醉人

寒 峰

日照寒林影来迟
远近色调眼润滋
云开雾散阳光幻
泪眸滴醉妖娆姿
风把红枫摇曳落
印象往事尘封时
层层叠叠依峦格
高山立意今古诗

紫阳县

晚霞碧空山沉重
碧水荡漾浪迹明
美景物态浑然体
现代气息远山城
群峦叠嶂万壑深
秋景染色霜露浓
心落此境情别样
商海乐进随机行

巩顺奇 摄

冬 怀

寒气清雨变雪霄
浓林荫翳骨枝俏
风云变幻觅何处
大地暖回返时皎
萌芽胚胎怀春花
赛尽人间多情娇
辩证蛰伏育生物
峰似莲花捧光昭

长安中央公园

玄坡意境叠步面
南北扩景若天然
客松招手双迎举
鱼池涟漪五彩蓝

幽情竹径山石铺
白玉栏杆伸屈环
鸟鸣林间呼清气
游人舞姿朗月扮

长安赋碑吟兴盛
古今思慧绽放源
人文创意推古新
大气方格时代观

白发年

心劲赛力牵儿孙
昼夜情思不圣贤
业绩大小靠奋力
善待健康似神仙
鸟儿累落沙土浴
梅花三弄石作田
河水清流不须待
时时朝进白发年

戈壁滩

千古演变多奇迁
风吹砾石戈壁滩
磨蚀棱角各异态
油黑发光岩漆染
植被稀少野蛮荒
切割沉积横断面
状态怎样换新貌
抑制恶化生态圈

喀拉峻草原

天山伊犁过渡地
广袤肥沃牧草密
喀拉浓郁峻茂颜
苍苍莽莽生佳气

路径九曲十八弯
峡谷清流水色碧
野生植物宜繁殖
山峦骨骼晒红衣

玉台石泉叠浪谷
连绵起伏阔远极
五花草甸鲜花台
库尔代林三级系

幽静雪山草原阔
牛羊繁星景绚丽
世界遗产登名录
震撼壮观天下奇

纪念诗圣

清霜寒瓦脊上雪
梅花初萌好时节
恰逢诗圣纪念日
时光悠故年年阅

动荡年月情不泯
家国苦难心中切
胸怀天下苦吟哦
诗语深献仁爱阙

秋尽暮黄丰收谷
萌芽无处春发叶
光华敏锐预感同
沉郁顿挫多醒觉

风骨气节尚大道
雨后彩虹绘朗月
墨迹永存朝朝念
长启人生拔萃节

平利山城

山渐秋深分外娇
红枫霜染葳气豪
相与春色相比拟
阳光明霞云润朝

新意究竟在何处
彰显融合自逍遥
女娲补天传造人
大地之母社稷桥

蜿蜒起伏水碧绕
茶香绞股蓝色抱
曲径通幽花卉景
画幕人文天然造

安康山城

北依秦岭南巴山
汉水横贯东西川
河谷盆地居中宝
川陕鄂渝后花园

珍稀动物栖息地
蚕茧生漆油桐炭
佳肴品茗今古赏
地域蕴藏硒谷元

南水北调中心线
一江清水首都泉
历史悠古誉金州
丰乐安宁康泰延

诗友

——农夫情

岂怕秋霜
俏枝枝正牵
红衣尽染
梅缀雪花
新妆更显娇艳
朝霞迎起酡颜
精气神
言谈诗篇
任堪
乐春意篇章
地气绕点

篇篇暮还敛
意趣不怠迟
总将情愫点
恨自缘
意外添
泪眸难掩

操得胜券一卷
折数起
来回相传
伏宣

往事久
向前瞻
意境阔远
喜鹊叫人间

相思

天色暮沉君心累
阴晴变幻雾霾归
清气不知在何处
掩眉皱鼻吸尘灰
冷风不吹空中旋
天道真幻谁来推
冬景难闻玉颜韵
相思雪花满天飞

雪恋

白雾缭绕山林居
皑雪盖压盘旋低
景色迷离朝暮起
寒气不知此心极

旷时冬深雪来迟
外域四野依秩序
曲径驱车高山处
虔诚合手待期遇

梅花成痴麦苗伏
点缀冬意生栩栩
渴望霾尘速消失
畅风送来雪花聚

泰 山

山峦朝起迎日晖
风光柔美多彩绘
碧空图云游天行
情境五岳独尊归

玉皇顶峰阔辐远
民族象征文化辉
帝王将相祭祀至
人杰地灵景观醉

天人合一精神源
演绎古今信仰事
通达之意大而尊
稳健高耸绕祥瑞

美 意

天诗美态浪雪花
银装素裹现奇葩
寻思意境千里外
热冷抒情气自华

朔风天籁无尽意
足下远方张弛滑
心劲趋势加速度
进取从容乐趣抓

互联网络知异景
彩云飞起自满霞
梦边无踪是此时
悦赏雪花浪天涯

旬阳太极城

历史变迁演绎漫
农耕征战史书传
见证奇迹艰难日
风风雨雨不绝缘

中山为主擎苍龙
丘陵河谷秦巴川
地理气候难均匀
春雨如油不常见

太极地形呈阴阳
生命盘踞论道仙
新城发展期待久
民乐福祉是真签

金小明 摄

雪人

雪花压雾尘
冷风声带韵
草木压枝低
节气岂饶人
冬景有新意
境界在君心
饱食赏花尊
饥饿怕雪淫

同学情

时光荏苒
匆匆忙忙
四十五年
弹指一晃

情因为珍贵
才酝酿持久
倍加醇香
谁知道
我们彼此有火一样的渴望

梦的年岁
琅琅的书声
自习的吵嚷
激越的讨论
运动场的争强
冲动的争斗
宽容的谈心
考试争分夺秒

燃烧起知识之光
“老师好！”
声音还是那么真诚
那么响亮
老师的鼓励
祝福
回味悠长

千沟万壑
溪流奔畅
走向田野
走进工厂
狂飙的闪电
滚滚的雷声
再次将岁月激荡

今朝至
暮年缘
儿女事已办
孙子、爷爷奶奶歌跳玩
天伦之乐拉手唱
亲谊欢情以往

握着手
眼望眼
泪光里的温馨
抚摸着你的面
沧桑白斑
记录我们的人生
历史云烟
可泣可叹

盛世逢现
珍惜生命
珍惜同学缘
珍惜霞光满天
让我们常相聚
着意春园

最美不过夕阳红
生活之光永灿烂

遇变

初始本心素根萌
时光飞逝励人生
四季轮回光阴转
路途岔道径不同
喜似阴雨开红酒
愁得云开玉杯升
智慧能力情机遇
江河万里展鲲鹏

伏萌

秋叶落地金片生
冬雪飘压蕴温情
淫浸蚀蕙沃野土
春风拂面花露浓
天然自育多演变
风月浪漫精气升
蛰伏特加旺心至
万象更新自在行

“崇拜”

积习“崇拜”少读书
圣贤尚君口中留
急用临时抱佛脚
终难化育花香酬

埋头劳碌谋口食
鲁莽横撞自态愁
阴阳时序是否等
梦境怨恨他人足

一分耕耘一分收
知识辅佐生命求
思维清澈世事明
物态升华多渡泅

相聚一礼互尊敬
事半功倍莫贪图

嫉妒旁列谦卑学
美滋善心举才优

悠久岂等自我授
研至千书吾已修
世俗观念需知变
时代大潮任遨游

读《红楼梦》

一部经史堪绝唱
幻境演绎穿时风
假作真时真亦假
无为有处梦还醒

困人天色醉花阴
一僧一道寓象征
帮绛珠草神瑛侍
通灵宝玉英莲生

贾王史薛四家族
各色人等相连承
谈情旨实录其事
陈旧辛苦前朝崩

午梦惊回惆怅欢
警幻仙子虚幻梦

醒悟宝玉人性爱
适合异态是否成

亏心事儿难坦荡
梦传曲调花谢笙
聪明算计自溺去
精设路径悔弃程

嘴甜心苦唬众人
备感亏理不出声
二姐接残三姐亡
无情凤姐恶秋桐

魂梦西风迷离苦
情感流露伤心中
秋霖洒洒溪不断
缘分飘散无信诚

桥岸站立望远波
落花飘涌眼眸逢

无着无落恨海天
爱极恨言热极冷

世态变化多学问
练达文章记载丰
诗语寄托雅俗趣
人间真情似凌峰

景言味鲜接地气
旷野蕴藏着呢醒
经典桥梁岂障碍
岁月衍生美篇行

观 色

风急霜冷旷野欺
冬阳难留景色碧
迂回鸟儿孤枝鸣
望尽木萧切切凄
溪水抖索鱼翔底
映照脸面灰土积
岁节不饶歌欢悲
自情旺心是乐戏

骊山

秦岭一支脉
东西秀岭脊
突兀渭裂陷
地垒断块砌

逶迤林葱茏
映照美神奇
远望苍黛峻
演绎江山集

女娲石补天
烽火诸侯戏
秦陵寝脚下
兵俑阵奇迹

玄宗赏赐汤
凄美爱情迷

兵谏出奇绝
温馨季候宜

时趣游览胜
皇家园设计
清静幽雅居
人间洗浪浴

情 歌

深冬西风透骨寒
唱罢情歌穿单衫
词境飘香风流态
乐域追远浪漫牵
时光清欢英华舞
泪眸瞬时春露颜
忆思往昔心曲音
爱趣彰显不老山

多情以往自然态

金小明 摄

高低

冬宴火锅飘香弥
相聚是缘畅高低
轻酌漫饮庄杯酒
壮阔胸襟轻狂洗
闲云变幻怎着色
不蹉光阴命有极
几人努力再渴求
梦想星玉日侍息

温 故

春花开尽暑雨润
闻道秋果觅香音
寒冬树木伏津气
梅迎他年绽朗晨
多情以往自然态
时光转换希旧温
日月星转恒久远
周期衍生新学问

其远

独捻灯花醒心窝
文情哲理清夜酌
前朝往事扯其远
难得纷絮理错落
人勤春早收锦霞
篙竹松劲浪逝波
凡成大事恒毅决
敏慎思维终投阁

美 牙

一口好牙百年根
细嚼慢咽品味匀
时光挪移斟酌酒
赏析过客保真淳
精气神旺日月至
弥勒长笑白玉埙
天然钻石甄别鉴
璀璨之美匠心运

重 上

坎坷荆棘遍坡生
朝霞髻首凌峰登
思得晖尽第一人
风霜雪雨伴足程
求取真意非易事
反复无常吉凶行
定盘星座自动移
时局把握运筹中

思 盼

期盼寒冬雪
香醇一杯来
梅花待惬意
美人锦瑟开
大地畅怀抱
尺素远跳台
龙脉默静曲
春雨绽风采

冬 起

秦岭分南北
冬阳两相晖
北寒树孤梢
南坡广衮葳

气候时光转
屏镜色异类
干燥冷霾空
雪梦长江回

冬至日长昼
寒极旷时归
进九蛰伏灵
春气喜旺翠

冻 山

群山逶迤雪雾浪
原凇白雕奇态彰
秦岭北望关中景
渲染大地千里霜
白练绕顶遮天云
风吹雪星花开张
落叶林枝装台架
五峰氤氲好气象

一 年

晃悠一年如梦境
浪琴优雅摆时钟
忆思既往其中味
莫惊风雨及秋风
茫茫人间疫频发
愫缘追寻救普众
饮尽一杯月亮酒
谱写一篇传性情

旷邈

冬阳远郊
暮气山峦淡
溪水寒萧
车驰顺行
树木枯梢
麦苗青伏
待分蘖娇
素境宾客纷流泪
同大地
朝日光摇
长寿颜
精气于自
重不寂寥

一年将要临近止
旷心还需放
情志趋朝
思春意趣

云霞梅柳
如屏景色
多彩至娇
序曲总往美好处
再醒动
极行相邀
年华锦
岁月岂能空老

幻境

车迎冬阳素心揽
满目萧枝立静收
浮尘空气咳声闷
叶落觅食鸟啾啾
一季寒冬天然象
风流绝似春来头
一片蛰伏情愫缘
炼得意境梦幻优

冬阳湖

鸭鹅畅游戏渼陂
冬阳湖光荡涟漪
松竹不知寒风冷
争艳梅花三弄曲
老少皆宜游情外
悠然自得融融浴
芦苇金黄一扫过
宽阔广宇待新季

心劲

心似春光不轻流
回溯吹望丰收舞
不失时机抢机遇
相思梦境计算珠
和雨风中一路转
拂鲜花寒得俸禄
为其一域有所成
昼夜发力不停足

山 幻

沿山路径
草木萧瑟冬
溪慢流
枝微声
鱼潜底
鸟不鸣
苍翠已无影

一季颜值以往尽
犹记山花烂漫
春风拂
万般彩虹
各种摇姿迎宾客
孔雀羽
鲜艳开喜屏
瀑泉下

急湍石磬
白莲女
芙蓉浓
恰似高台舞歌情
魂缥缈
抵御寒风

北京新机场

宏伟设计理念生
萦绕太阳映山顶
季节更迭变换彩
多色花朵伴雄鹰

陶醉敢为天下先
美妙自然景象融
光合延伸花瓣开
室内酒桌欢宴中

俯瞰一枝出土花
上下同眸屋地层
森林溪水“中央谷”
弯曲边缘峡叠成

一条溪水石头缀
流绕清柔缓缓行
天然造物人性化
独具一格时代风

冬 霞

寂寞萧瑟渐入冬
雾霾浮空浑阴晴
未落树叶黄土色
君子行路冷意生

车辆驰速奔目标
雏童胜似老仙童
事情原念往复过
爱极热凉把握中

愁里流霞愁难满
霞里闲愁霞难融
亮路灯笼长年挂
光含多少是英雄

冬 柳

纤纤河边扭
无叶风聚头
枝条萌芽包
年嬉春雨油
终生风流舞
昼夜飘飘秀
潇洒柔姿态
爽爽解人愁

寄

朝起寒风吹霾散
愁绪不觉天色蓝
远方雪润爽舒坦
庚子年月纠结完
知尽竭力梦寐求
多情信心融合坛
龙行天下归大海
天生志士行致远

事情理

诗情画意事情理
天然融合浑归一
循序渐进素锦汇
高低分段函数极
山深云雾幻景远
点缀空隙瀑潭积
风水隐藏花鸟鸣
人间烟火真气息

启航

日晖大地春意长
新年钟声已敲响
长城内外山河瑞
时光不老再起航

征程漫漫俱往矣
唯有奋斗花气芳
风花雪夜诗新语
痛苦快乐得尽尝

梦寐展翅星球外
越趋向上越有光
广域深海水激荡
书语接吻知进香

温暖岁月漾云水
心灵画图彰秋爽
乐在其中图奋起
昆仑泰山挺脊梁

高妙

余立高处望
环眸一周象
群山青蟒岭
蓝天白云朗

旷野雾气腾
鸟儿不翱翔
切为一时景
叨叨吾自伤

天然阴晴雨
大地寄彩妆
心境悟道远
奋进征程长

汇 源

溪水汇海东曲舒
情为桑田赋
昼夜不息四季绿
一脉香魂潜行清风入

时光漫漫冷暖出
所向披靡处
万物亲昵泉水歌
上善若水唤得山河舞

小寒

寒至今日霾气瘴
隐到月中雾加霜
北水成冰南水湲
梅艳雪景点缀香
冬尽阴移雁致北
回首一年又开阳
季节转换动肌理
老少皆宜善保养

雪原行

数九寒流刮面风
眉毛胡须霜花生
热水抛空白龙起
狗拉雪橇穿笑声
银装素裹千里外
情谊相伴致远行
碧空如洗光耀眼
感叹奇幻美无穷

福臻

知识广育惠古今
文明进步文化分
思锐远谋探索路
不使困窘拖终身
世代欢情赖装台
朴实慧殷到福臻
抑制浮躁和谐远
学科门类堪比深

醉然

寒潮雪积
路面冰
千里河流冻
岸上素妆茫茫
逼寒透衣缝

北极涡旋飘舞
传递冷
自然多情

仰望空
光阴似溪行
冷冬必将过
暖意终归迎
信心倍至
陶醉春风

韧劲

生来必经风雨阻
欢情悲辛跋涉路
燕子衔泥砌韧劲
问酒阔远莫忘初
畅怀宁静莫阑珊
朝霞暮光朗月处
回味自然定有意
执念获得丰收秋

秦镇忆

长户两县石桥板
逢年过节秦镇赶
方圆涌动难换脚
计划经济自由圈

农副产品单调集
一趟消费几角钱
凉粉凉皮甘蔗多
回首往事苦辛酸

时光已过几十年
发展情景不如愿
门面破烂人稀少
经营理念守旧拴

沣惠桥头望对岸
米皮店铺路两边

街道改造仍落伍
耽误长远掐指算

老铺贴上文保签
墙倒柱歪腐木椽
继承祖业谁维修
期待家家换新妆

蓉妆

积雪山脊白
光映树润美
滋味寒风苦
巅峰天然威

目测朗意境
厚重品相瑞
衔向多情处
春蒂蓉妆晖

新 娘

浓妆艳
红佳映
香气扑鼻花开放
醉心人
新气芳
柔情水波
轻音向上
爽 爽 爽

鞠躬礼
姿影长
谈吐好似鸣泉响
芙蓉珠
透明亮
桐花旺长
美人还乡
靓 靓 靓

巩顺奇 摄

莫 愁

南方雪雨北方晴
光照萧瑟干燥荒
疾疫使人难防范
容颜愁得心不畅

多少无奈相衍生
急功近利岂圆方
陈酿老窖杯对杯
清浊同流任癫狂

扁担在肩驴身坐
可怜江水泛湖上
等待明月朗新路
初一十五不一样

心境达观出新意
普世哲理通达方
不为一时拘短视
日出河冰流霞长

思 梦

冬暮压枝思春景
山峰奇石瀑泉清
葳蕤美貌夏雨白
江霞清流秋叶红
意逝因循画无声
多彩变幻总关情
挥斥方遒舟行远
江天瀚海飞龙腾

灵犀

鸟鸣树枝觅食掬
人忙春早图生计
乐趣忙碌不一样
时光览胜适应力
环境美居皆知性
阳光风雨变数急
自存灵犀有智慧
真情路上得先机

升 级

疾风吹过景象迁
业态变化幻灯片
沙滩行迹见高低
潮汐涌动浪涡旋
时代机遇天地和
涉足领域随时换
创意无限境深远
简明混沌灵机算

彩 风

阳光彩段留身影
角度异趣不对等
地域格局有差别
呼吸空气难同清
南来北往各执事
光阴从来急匆匆
忘记自我奔前途
硕果终归生慧中

苦 乐

聚会相逢撞心灵
光阴哪顾脸面情
知语话儿泪眼多
老友置腹酒意浓
苦忆奋进风雨兼
昼夜希冀阳光明
欣喜努力花满树
新枝高葳叠叠升

怀古

历史风尘荡涤清
借助时段相重瞳
循序渐进演绎长
既定方向验明经
一种适应难持久
多彩变化私情涌
究竟事态哪不变
四季交替轮回中

知觉

春意鸟先哗
壑沟流水花
山脊黑渐退
清爽旋律佳
大地生气浪
松土一把抓
伏灵醒抬头
体肤换衣褂

爱 心

防疫早放假
高兴奔回家
成绩怎么样
未可有赏罚

童年趣事过
现实屡受压
各种补习班
时钟滴滴答

学校同交流
评语好与差
龙飞凤舞远
父母梦天涯

云 象

天域云彩柔情生
地面草色退黑屏
河冰龟裂珠光亮
脱去夹袄眼神清
希冀总随春意漫
多少时绪花绽情
人与自然孪生缘
风雨路径各异兴

不违

干活似亲邻
熟悉如故新
家犬汪汪叫
不曾识此君

日久忙罢完
过河爽气亲
付薪心色变
犬摇尾巴亲

生意与诚信
光照润色印
良知皆不违
同邀兴盛欣

无 极

朝起路径各东西
至情至性不同序
阳光风雨舟奔波
快乐忧愁图生计
流水途远舒浪漫
境界临览多慧析
自荐真言符于众
双赢掌声响无极

高阳原

鸿蒙造世后继兴
人类文明继往重
高天厚土多情域
正气长留山河中
时光飞逝古今换
风雨情欢故事颂
朝迎丹霞暮如雪
至臻致远清心明

飘浮客

利益驱使动机远
骑着骅骝奔金钱
阳光风雨拼彩头
月照喜色偷狂欢

顺风顺水需醒悟
一念转换落深渊
行知路径多钻研
鱼翔浅底舟浪帆

理念更新应运生
桃花芙蓉梅芳艳
前后顺序天然理
投机取巧花不全

音曲好听练丝弦
欲入境界拨新天

余音缠绵旺心语
掌声呼喊涕泪涟

鸿雁高飞翼先伏
南来北往年叠年
越过山峦舍尽力
否极泰来畅新岸

入山

满目萧瑟旋山顶
静望峦依启时风
冬山哪有春山高
闲云飘逸不留情
积雪融化入石隙
洗润坡地壑水清
蚀叶沃土衍生链
期待葳蕤花彩屏

知觉灵犀风韵候

巩顺奇 摄

转换

萧雨驱散雾霾天
冬阳露头迎笑脸
庚子年间疫疾凶
惊心动魄苦纠缠
梦幻远方清风路
传染隔离设卡点
民生历来是大计
齐抓共管责任关

难 遂

推杯宴席畅叙欢
真情实感不沾边
固守观念难分野
畅谈阔论红脸面
湖水荡漾月不定
山林图影好翩跹
暮气来临难聚合
普世哲理成乱弹

知 危

旷怡路途不思奋
岁月流歌花缤纷
只知摘果不施肥
摧折枝干露裂痕
闲情口语哪知危
自胜满腹多经纶
行至苦径费积蓄
担怕寥若似星辰

椿萱

父母操劳儿女身
孕育生命牵挂心
几人长悟沉思道
自遇孩子同样恩
生息繁衍日月长
相濡以沫感情深
光阴变幻风雨走
璞玉雕琢费苦辛

清 芳

天意多清芳
步点需踩上
尔等生白发
哪如递进香
风雨依依沫
时光分日饷
路径润心慧
鸟鸣翱远方

春萌

切问春心谁知早
山河草木萌枝梢
感时序曲人为迟
清音溪流冰簇消
鸡鸣鸟啾阳坡飞
大地声趣微风飘
勤于春早目旷远
欲穷天涯自由翱

婆娑

新年倡议异地过
防止疫情再传播
乡愁思情在千里
欲望春山静心托
杜绝伤怀父母念
抖音视频度寂寞
祛疾春水玉河通
夹岸花香柳婆娑

梦 境

冬夜梦长多线索
路径不同汇河波
驰骋赏尽千里雪
回途景异碧色多

轻绕素放飞样快
恍惚无题忽蹉跎
彗星带光消逝去
美满盈缺邀心阔

神情岁月似擘画
大局变幻自奋卓
和忍谈信作妙喻
醒梦现实好洒脱

风 阔

吐故纳新开思略
千里古经再灵活
比喻融化深邃道
与时俱进拓前阔

往昔时光执劲风
多情典籍指向多
生活探究勿忘我
塘泥不沃蓉岂茁

一举一动高颜阙
飞越山境草木濯
生存趋暮朝迎新
岁月光彩带玉镯

干 燥

冬阳雪润少
山壑无声敲
长与他年比
霾多气候燥
田道树林立
萌芽灰尘罩
期盼鸟声还
春雨洒新巢

金小明 摄

思至

冬尽春日将来报
无雪干旱空气燥
颜面灰败身心冷
茫茫难掩情绪糟
木林枯暗需润枝
大棚苗茁野衰草
气候变暖反常态
思至杨柳花榆桃

知感

时序交替脉系延
生物灵性有知感
往替曲调存差异
深邃理据似周签
空气动力行无尽
颜面相见神乱弹
惊雷一声蛰伏醒
往岁光轮再变迁

晨霞

朝起送来微风意
梅花稀落三度曲
曦光爱柳枝头萌
大地复苏满希冀
鸟鸣林间知往寻
鱼儿浮升朝海域
暮色脱去爽气来
春艳浓妆享光浴

年 底

光景一年算珠响
春华暑热秋丰昌
辛苦惠灵高低显
勤于收获好吉祥
一元复始星际转
风雨调和百花香
天平衍生百分比
常态心境美时光

生 态

操劳过度生后患
生态基因时突变
衍生疾病难预防
辛劳攒得买药钱

保健品种演奇幻
多端验方曲调弹
溯源谁知在哪里
山河怄气皆变颜

行迹千里规划线
子孙逢知生命源
取丢一时短世念
天启烂漫在人间

年花

灯笼廊檐挂
窗纸贴春花
喜气高阳升
年味浪家家

对联寓言理
每每现奇葩
冀望风雨润
彩虹天际架

团聚会亲眷
老少容颜发
复始传承远
涅槃重生华

流 年

庚子年时至将尽
惊涛骇浪帆靠岸
牛气冲天招手迎
寄托希冀新一年
流光溢彩陶怡情
初春柳萌启春前
神醒如彗空宇闪
岁月长河不息源

春献

春花格桑新
艺趣乐精魂
云端彩虹献
温馨情意韵

年景风雨多
凯歌赞发奋
无惧而后生
不息是乾坤

往春今又至
杨柳婆娑晨
人生光浴和
浪琴汇天音

意浓

鸟鸣敲窗棂
唤醒春思梦
碧色漫枯草
爽气飘晨空

往事尘埃过
旷欲赛远行
山雪融润色
大地萌萌生

信念心中基
风雨兼新程
月尽黎明起
丹霞朝暮蓉

云霞

雨润春头年气足
雾萌微笑孕花秀
天然常态律无已
知觉灵犀风韵候
高楼远比山峰低
厚重岂是一日修
乾坤和域多情出
云霞双髻绕风柔

域外

一冬少雪春又开
暄暖雾霾自带来
碧色未随节时变
柳桃萌芽半开怀
人潮踏青郊野外
自往多情幻心莱
游得境界适应换
岂为一时自旷埃

市 场

一部小说意多延
波浪起伏魂梦迁
人间百态漫演绎
馈赠深处自合缘
契约诚信利益环
谋略测算各执端
规则规矩规程办
有限赢得高山言

书 音

书籍言行知醒诀
今昔端倪相比缺
喻寓山浅难逃世
林间深幽入灵阙
燕子衔泥韧巢砌
蝉饮华露交响乐
世事观澜贤士汇
山河大地伴朗月

村选

风情唤雨春意回
大地物华醒悟来
日月复换野碧鲜
花容绽妍蕊登台

民主选择时代潮
文明进步推新才
莫违民意行大道
长兴不败德胸怀

文 态

经典古今多含义
苦读时往亏月里
仿言陈语无启迪
墨迹涩处多瞒欺
泛言不和现实态
修养格局气量低
张旗作鼓意趣少
散落文源缺地气

巩顺奇 摄

附录：诗意的纷繁与达观

雷涛（著名文化学者）：

这两部诗作的正式出版时间是2020年，而且一部是3月，一部是4月。大家知道，在这个时候正是我们的疫情最艰难的阶段，我们的国家、我们的民众非常忧虑，那个时候很多人还在家里困守，出不去。而当我们国家的疫情稍稍好转的时候，世界大面积疫情又来了。我们一定要站在人类命运共同体的高度来看待这样一个问题，希望全世界的疫情早早结束，这是不懈努力的事情。而陈苍正的诗集恰恰在这个时间段出版，也为抗疫贡献了他自己的一份力量，让广大群众可以在这个特殊的时期，多一种精神食粮的选择。

我对这两本诗集的看法，大致有几点：

第一个感觉，它是心灵的寄托。主要是对父母、儿女、亲友、同学、同仁等等发自内心的赞美，或者是一种情愫的自然流露。这一类诗作在两本书中占的比重是不小的，而且写的情真意切，思绪绵绵，其爱心、孝心、欢心、同情之心，还有惆怅之心、悲悯之心等等都跃然纸上。

第二个感觉，就是人文情怀，对于历史、社会、文化、时代、典故、节庆文化，以及自己走南闯北在祖国山河中的游历，他的所见所闻等等，都直抒胸臆。或者直白，或者寄托，或者联想，或者有一丝丝的缺憾、遗憾等等。都是作者心灵深处发出的真实情怀写真，不娇柔，不造作，整个诗风清清爽爽。

第三个感觉，它的内容就是大地放歌，寄情于故土，寄情于山水，作者作为一个游人，也好像一位侠客，不论是在故乡的田野上，还是在省内外、国内外所有的名胜古迹中，所到之处他都会有自己心中的诗情画意。都会将自己的这种感受、情绪、思绪、念想勾勒出来，真是有一种一吐为快的阅读感受。诗人是这样，阅读者也是如此。

第四个感觉，他的诗中所隐藏的哲学思辨，作者追求的是诗情和诗韵，但自觉不自觉地运用了哲学的思维和思辨的手法，这会让读者读出另一种诗的味道。我重点看了作者这一方面的一些诗，做了反复的思考，比如就是一个稳妥的“稳”，就是一个思考的“思”，就是一个道路的“路”，还有他的心曲、时光、思想变化的思辨等等，都属于这一类的表达方式。我觉得这个书名也起得好，作者叫苍正，但是我的理解他不是以他个人的苍正来延伸的，而是在他的故乡有仓颉造字台，象征性的书名我觉得很新鲜，因为有一种对故土的追怀，也有一种对历史文化的追怀。

从整体上看，作者在探索古体诗的新韵律，新的意境、新的语境、新的心境。现在读史诗的人逐渐增加，这对我们社会而言无疑是一件好事情，因为我们过去在一个漫长的年代里，忽视了对传统古典文学、古典文化的研习，我们的古典文化、古典诗歌受到了不小的冲击。那么现在我们的社会早已走上正常的秩序，追求新诗的人不断增加，自由诗、打油诗、朦胧诗等等大家都在探索。可喜的是总有这么一大批执着的人，在中国传统文化的基础上，立足在唐诗宋词的基础上有新的追求。我曾经讲过一个观点，唐诗宋词在我们中国文学史上、诗歌史上、辞赋史上所达到的文学高度，今天无论是教授、学者，还是爱好者，在文学高度上可能无法超越前者。能不能比肩，我们可以讨论，但无论取得的文学成就如何，都会让更多人感受到诗词的温度和力量，这就才是诗词的本真。对于诗词的塑造，我有这么几个感受，第一个是我们现在的诗作者和唐诗宋词的作者比较，我们生存的环境不同，想想看一两千年、两三千年，我们可以追溯到诗经创作的年代、楚辞创作的年代，他们当时的山山水水是一个什么样的状态，它是原始的美、自然的美，没有得到破坏的美。可是现在呢，工业革命、后工业革命以后呢，尤其是我们这么多年在改革开放新的政策下，中国的经济有了长足的发展，但是生存环境也受到了不同程度的破坏。想想看，现在所处在的环境，和李白、杜甫、白居易所处的地理环境是不是有本质不同。那么环境不一样，对诗人来讲感受肯定也不一样。我说我们的语境也无法与古人比，《康熙大字典》存了4万个字，《新华字典》万把字，可是我们现在的书店，包括我们的报纸、广播员的播音，包括日常生活的交流、写文章，尤其是写公文，计算一下就是在2000字左右，不超过3000字。而古人写诗词是在8000到10000字里面选择词汇，为什么我们读唐诗宋词，读唐宋八大家的文章，里面有很多的在我们看来很难碰到、很难理解的词句呢，因为他们在8000个字中选择古字，而我们现在是在两三千个字里面选择，你想想看所表达的那种意思能一样吗?

当然还有作者的心境，内心世界。过去的那些大文豪、大文人，李白、杜甫、白居易等等，他们游历天下，那时候没有汽车，无非是骑着马、骑着小毛驴，他们纯真地游历山山水水。那种心情是委婉宁静的，他们观察社会、 观察自然、观察人际关系等等，他们都是清楚的、真切的，就和现在我们寄情于秦岭深处的隐士们是一样的。我在这里不是赞扬那些隐士们，我想拿这个作为比喻，就是我们可以追溯到一两千年前的那些作家、诗人们的心境。而现在的心情是什么呢?有人说依然是浮躁，依然是燥气，我说不对，燥气已经过去了，现在叫戾气，由燥气已经发展到了戾气。现在必须看到这一点，中华民族的这一种品德、精神在我们今天到底是一种什么样的状态，两面人这么多，台上说大话，台下依然做坏事，整个人格变质、扭曲，没有真正的朋友。古人为朋友可以两肋插刀，现在却给你使绊子。当面碰杯喝酒，出门就说那东西不是好人，真正的朋友在哪里，交心吗?加上小人多，有时给你无端的举报，搞得人际关系如此紧张。

作为文化人，作为学者，作为作家、诗人，有没有被沾染，我认为多多少少是有被沾染的，因为我们生活在这个大社会中，不可能置身事外。所以我讲现在的心情心境和古代作家、艺术家、大诗人也是不一样的。当然由于上面三个不一样，造成当代诗词作品的意境肯定是不一样的。陈苍正先生在探索中寻求自己在古体诗创作中的这种新感受、新意境，我觉得这是值得肯定的。我相信有可能在某些方面，比如说五言诗、七律诗等等，有超越的可能，我现在还不能说完全超越，有超越的可能。所以说我向陈苍正先生表示一种寄语寄托，希望他继续探索、不懈努力，在诗的创新上有更大的进步和升华。

王渊平（诗人）：

陈苍正的诗是用古体的形式表达现在自然风光和人文精神，集中展示我们现在变革时期的生活。现实生活中写古体诗的人不少，写新诗的同事朋友更多。手机、微信的产生，海量的诗歌在网络间传播，陈苍正的诗在诸多诗歌里面我认为是不一般的，他的诗风和生活观照，突出了一种特殊意义的表达形式。

他的诗出版以后，反响还比较大，好多同事、朋友、同行都感觉很好，有一些人感到很惊讶。为什么呢？这种古体诗的独特抒情，在唐诗宋词以后，近些年大家用这种形式表达，尤其是几十年表达得有一些泛泛，有一些直白，有一些高大上。我们有时候玩笑地说就像一个老干部一样，他表达的热情情感倒是可以尊重的，但是对诗的美学意义方面就显得苍白。同样就像许多自由诗一样，有一些人写的没有白话的内涵，显得有一些平白，这对诗歌表达来说都是很有害的，因为诗的本质是审美的。

唐以后到宋，尤其是宋诗，它更人性化了，所以后来好多写诗的对宋诗的评价很高。比如苏东坡，为什么，因为更贴近于民间、贴近于生活、贴近于个体生命处境的真实体验。古体诗的表达追溯五代、隋唐、魏晋、诗经，很多人一说起唐诗来实际上都很敬畏，写到非常深邃精致的部分就没有办法写了，宋诗把笔触伸到民间，进入百姓生活，延续了这种诗歌美学，明清以后就很难出现，所幸出现了龚自珍。更多的诗人写手，已经很难做出感动人的诗章，后来才有新诗的引进和诗界革命。

但是这几十年和近百年来，这种诗艺大家很难表达，对仗平仄方面很多人感觉难写，难把握，但它又是中国古典文学，一个是古文，一个是古诗，两脉最能传达美学意义的文学形式。陈苍正诗的出现，他的写法，我就比较警惕，担忧还是流行的写法，但读后发现不是，他是把自然生活和内心的感受与这个社会，用纷繁的意象和形象比较生动地表达出来，让人感觉不一般。诗读了以后才能感觉到是一种审美，他的诗大家读的时候要注意，他有一些本意。我认为中国的诗词不仅有从正面直接进入审美表达的王维、杜甫、李白，还有李商隐这些含蓄得近于费解的思维表达方式所产生的真实意境。作者用丰富的意象表现我们现在这个时代的气候变化、自然变化、人文精神的变化以及现实生活的演进，从而构成了他的精神实质和美学表达，令我感到有一种特殊的审美意义。

工夫在诗外。陈苍正有时候对自己怀疑：我到底这种写法行不行？从他的诗发现，诗确实又是经验的产物，他如今60多岁，40多年从事实业经济，他高中时期在学校担任过团委副书记，毕业后因为生计所迫进入市场。他很低调，对生活的感触很细腻，也很真切，从来没有放弃读书，之后便结出了这数百颗新鲜的果子。他的许多经验都体现了工夫在诗外，许多表达方式都有一种清新的感觉，系统全面而显其优势，让人在阅读中产生了不同凡响的惊异和隽永耐久的回味，有种从纷繁的冲击到旷渺的达观。

（2020年6月9日，在《陈苍正诗文选》《仓台新韵》出版首发式座谈会上的部分发言）

图书在版编目（CIP）数据

秦岭情 / 陈苍正著. —西安 : 陕西人民出版社, 2022.12
ISBN 978-7-224-14766-7

I. 1秦... II. 1陈... III. 1诗集-中国-当代 IV. 1I227

中国版本图书馆CIP数据核字(2022)第243467号

封面设计：伍　月

秦 岭 情
作　　者　陈苍正
出版发行　陕西新华出版传媒集团　陕西人民出版社
（西安市北大街 147 号　邮编：710003）
印　　刷　西安永固印务有限责任公司
开　　本　880 毫米 ×1230 毫米　1/32
印　　张　11
字　　数　122 千字
版　　次　2022 年 12 月第 1 版
印　　次　2022 年 12 月第 1 次印刷
书　　号　ISBN 978-7-224-14766-7
定　　价　60.00 元